AS 200 MELHORES ADIVINHAS para CRIANÇAS

PAULO TADEU

As 200 melhores adivinhas para crianças

© 2008 - Paulo Tadeu
Direitos em língua portuguesa para o Brasil:
Matrix Editora
www.matrixeditora.com.br

Capa
Allan Martini Colombo

Diagramação
Renata Senna

Revisão
Adriana Parra

Dados Internacionais de Catalogação na Publicação (CIP)
SINDICATO NACIONAL DOS EDITORES DE LIVROS, RJ.

Tadeu, Paulo, 1964-
200 adivinhas para crianças / Paulo Tadeu. - São Paulo: Matrix, 2008.

1. Charadas - Literatura infantojuvenil. 2. Adivinhações infantojuvenis.
3. Perguntas e respostas infantis. I. Título. II. Título: Duzentas adivinhas para crianças.

08-1795. CDD: 028.5
CDU: 087.5

Guilherme:
Adivinha quem o papai adora

Sumário

Adivinhas de tudo quanto é jeito 9

Adivinhas de elefantes 43

Cúmulos 59

Adivinhas de tudo quanto é jeito

1 • O que é que tem orelha, mas não pode ouvir?

2 • Qual é a construção que é feita de cima para baixo?

3 • Quando estou preso, eu vivo. Se eu for solto, eu morro. Quem sou?

4 • O que tem boca, mas não come nem fala?

1 - O livro.
2 - O poço.
3 - O segredo.
4 - O fogão.

5 • O que se quebra mesmo sem cair?

6 • O que a gente faz todo dia em algarismos romanos?

7 • Em um aquário estão 10 peixes e 5 morreram afogados. Quantos sobraram?

8 • O que você dá sem saber e se soubesse não daria?

---

5 - A promessa.
6 - XIX.
7 - Peixe não morre afogado.
8 - Um tropeção!

9 • O que é que tem no chão e também colocamos no pão?

10 • Onde é que fica o centro da gravidade?

11 • O que tem braços, mas não é gente, tem leito e não é cama?

12 • Onde o mar descansa?

---

9 - O til.
10 - Na letra I.
11 - O rio.
12 - Nos bancos de areia.

14 • Por que o pirata é ruim no futebol?

13 • O que é que sobe e desce, mas não sai do lugar?

16 • Às vezes sou leve, às vezes sou pesado. Se você tentar me pegar não vai conseguir, pois não vai nem me achar. Quem sou eu?

15 • Qual é o céu que vive úmido?

13 - A escada.
14 - Porque ele é um perna-de-pau.
15 - O céu da boca.
16 - O sono.

17 • O que é que se diz uma vez num minuto e duas vezes num momento?

18 • Quem é que bate em você, mas você não revida?

19 • O que está acima de nós?

20 • Quando eu trabalho, deixo qualquer pessoa de boca aberta. Quem sou eu?

---

17 - A letra M.
18 - O vento.
19 - O acento agudo.
20 - O dentista.

21 • Como se faz uma pilha de rádio?

22 • O que a galinha foi fazer no Polo Norte?

23 • O que o 0 disse para o 8?

24 • Como se faz pra dividir 11 batatas entre 7 pessoas?

---

21 - Você pega um monte de rádios e vai colocando um em cima do outro.
22 - Botar um ovo com claras em neve.
23 - Como é bonito o seu cinto!
24 - Faz-se um purê de batatas.

25 • Por que é que o boi sobe o morro?

26 • É uma casa branca, não tem porta nem janela, moram duas moças nela, uma branca e uma amarela. O que é?

27 • O que é que come, bebe, respira, mas não consegue andar?

28 • O que é que passa na frente do sol mas não faz sombra?

25 - Porque não pode passar por baixo.
26 - O ovo.
27 - A árvore.
28 - O vento.

30 • Qual é a diferença entre o jogador de basquete e a mentira?

29 • O que é que sempre vai até a porta, mas nunca entra?

32 • O que o lutador de boxe e o astronauta têm em comum?

31 • O que é que no início muda e no fim dança?

---

29 - A calçada.
30 - O jogador de basquete tem perna comprida. A mentira tem perna curta.
31 - Mudança.
32 - Os dois veem estrelas.

33 • O que é que você ganha duas vezes, mas na terceira vez, se perder, tem que comprar?

34 • Qual é o mar mais cheiroso do mundo?

35 • Somos duas amigas que andam o tempo inteiro juntas, mas só vemos uma à outra no espelho. Quem somos?

36 • O que é que dá o poder de enxergar através da parede?

---

33 - Os dentes.
34 - O mar de rosas.
35 - As orelhas.
36 - A janela.

38 • O que é seu, mas todo mundo usa?

37 • O que é que quanto mais rugas tem, mais novo é?

40 • O que tem meia, mas não tem sapato?

39 • Por que o maluco deu água quente para as galinhas beberem?

---

37 - O pneu.
38 - O seu nome.
39 - Para ver se elas botavam ovo cozido.
40 - A hora.

41 • Qual é o animal preferido pelo vampiro?

42 • A mãe de Ana tinha cinco filhas: Lalá, Lelé, Lili, Loló e... Qual é o nome da quinta filha?

43 • O que é que não anda, mas gasta sola do sapato?

44 • O que é que se quebra quando se fala?

---

41 - A girafa.
42 - Ana.
43 - O chão.
44 - O silêncio.

46 • Qual é o certo: "eu roubo" ou "eu robo"?

45 • O que é que pode ser cortado muitas vezes, mas fica sempre do mesmo tamanho?

48 • Eu não sei trabalhar sem alguém me dar uma mãozinha. Quem sou eu?

47 • O que é, o que é, que entra na água e não se molha?

---

45 - O baralho.
46 - O certo, mesmo, é não roubar.
47 - A sombra.
48 - A manicure.

49 • O que o lençol disse para a cama?

50 • O que é que tem cinco dedos, mas não tem unha?

51 • O que é, o que é? É água e não vem do mar, nem na terra nasceu, do céu ela não caiu, todo mundo já lambeu.

52 • Por que os peixes gostam tanto de comer?

---

49 - Eu te dou cobertura.
50 - A luva.
51 - Lágrima.
52 - Porque estão sempre com água na boca.

53 • Que horas são quando duas meninas dormem no mesmo quarto?

54 • O que é, o que é, que todos têm dois, você tem um e eu não tenho nenhum?

55 • Como se chama o mosquito que pica a gente?

56 • Qual é a diferença entre uma montanha e um comprimido grande?

---

53 - Um quarto para as duas.
54 - A letra O.
55 - Não precisa chamar, ele vem sozinho.
56 - A montanha é difícil de subir e o comprimido grande é difícil de descer!

57 • O que é que sempre vai e volta, mas nunca sai do lugar?

58 • Qual é a água que fica pendurada?

59 • Quem é que só anda com as pernas atrás das orelhas?

60 • Por que o coelho se parece com a esquina?

---

57 - A porta.
58 - A água de coco.
59 - Os óculos.
60 - Porque os dois têm orelhão.

62 • Qual é a diferença entre a revista e o dinheiro?

61 • Por que a agulha sempre tem problemas?

64 • O que um pé disse para o outro?

63 • Qual é a diferença entre o zíper e o elevador?

---

61 - Porque ela só se mete em furadas.
62 - A revista fica na banca e o dinheiro fica no banco.
63 - O zíper a gente sobe para fechar, e o elevador a gente fecha para subir.
64 - Vai na frente que eu sigo você.

65 • Se estou segurando 10 maçãs em uma mão e 10 na outra, o que eu tenho?

66 • O que é, o que é? Os velhos choram quando estão perdendo e os novos choram quando estão ganhando?

67 • Quem é que mete as mãos onde todos metem os pés?

68 • O que é que para ser direito tem que ser torto?

---

65 - Mãos enormes.
66 - Os dentes.
67 - O sapateiro.
68 - O anzol.

70 • Por que a plantinha não foi atendida no hospital?

69 • Por que as plantas novas não falam?

72 • Você sabe até onde o cachorro entra na mata?

71 • O que é que a gente não vê, mas fica feliz quando ele some de vista?

---

69 - Porque elas são mudinhas.
70 - Porque só tinha médico de plantão.
71 - O cisco.
72 - Até o meio. Do meio para a frente ele está saindo.

73 • Qual é o pai das aves?

74 • Onde é que o infeliz sempre encontra a felicidade?

75 • Qual é a brincadeira preferida dos monumentos da cidade?

76 • O que é que sabe falar qualquer idioma conhecido no mundo sem nunca ter ido à escola?

73 - O PAIpagaio.
74 - No dicionário.
75 - Estátua.
76 - O eco.

78 • Por que a galinha bateu a cabeça na parede?

77 • Farmácia começa com F, e termina com que letra?

80 • O que é mais leve do que uma pena, mas nem mil homens podem carregar?

79 • Por que a gente diz que o prego tem boa educação?

---

77 - Termina começa com T.
78 - Para arranjar um galo.
79 - Porque ele nunca entra sem bater.
80 - O buraco.

81 • O que é verde, mas não é planta; fala, mas não é gente?

82 • Uma caixa de bom parecer, não há carpinteiro que possa fazer. O que é?

83 • O que é um assaltante?

84 • Quando é que a letra "O" não fica parada?

---

81 - O papagaio.
82 - A casquinha do amendoim.
83 - É a letra A pulando muito (A saltante).
84 - Quando Ocorre.

86 • O que atira no calcanhar e acerta no nariz?

85 • O que todo mundo sabe abrir, mas ninguém sabe fechar?

88 • O mecânico pediu ao maluco que olhasse para o pisca-pisca e dissesse se estava funcionando. O que o maluco respondeu?

87 • Qual é a diferença entre a chuva e o domingo?

---

85 - O ovo.
86 - O pum.
87 - É que a chuva pode cair em qualquer dia da semana.
88 - Tá. Não tá. Tá. Não tá.

89 • Um pato vai subindo uma ladeira e põe um ovo. O ovo desce ou sobe?

90 • Qual é a diferença entre a carta e o cavalo?

91 • Qual é a semelhança entre o livro e as árvores?

92 • Por que o maluco colocou água no computador?

---

89 - Pato não põe ovo, quem põe ovo é a pata.
90 - O cavalo leva a sela e a carta leva o selo.
91 - Os dois têm folhas.
92 - Para navegar na internet.

94 • Quem é que no Natal anda com a sacola cheia nas costas?

93 • Qual é o rei da horta?

96 • Quem bate na porta, mas não quer entrar?

95 • O que é que só tem cabeça à noite?

---

93 - O rei Polho.
94 - O carteiro.
95 - O travesseiro.
96 - O marceneiro.

97 • Eu lhe dei um presente e você o chutou para longe. Que presente era esse?

98 • Por que o Tarzan está sempre gritando?

99 • Qual é a pergunta que eu posso fazer a você todos os dias, mas você jamais vai responder "sim"?

100 • O que o lápis disse ao papel?

---

97 - Uma bola.
98 - Porque o celular dele está fora da área de serviço.
99 - Você está dormindo?
100 - Você me desaponta.

101 • Qual é a letra que não quer que você acerte?

102 • O que é que é bom para se comer, mas não se come?

103 • Qual o animal mais honesto do mundo?

104 • O que está sempre vindo e nunca chega?

---

101 - R.
102 - O talher.
103 - A cobra, porque ela não passa a perna em ninguém.
104 - O futuro.

105 • Por que o maluco deixou a vaca sem beber água?

106 • O que é que se quebra com um ovo, mas não se quebra com uma pedra?

107 • Qual é a diferença entre a meia, o prego e a história mal contada?

108 • Qual é a semelhança entre a bananeira e o cabelo ondulado?

---

105 - Para ver se ela dava leite em pó.
106 - O jejum.
107 - A meia tem pé e não tem cabeça, o prego tem cabeça e não tem pé, e a história mal contada não tem pé nem cabeça.
108 - Os cachos.

110 • Por que o açougueiro foi preso no sábado?

109 • O que é que não faz palhaçada, mas faz todo mundo rir?

112 • O que não é de comer, mas dá água na boca?

111 • O que é que as pessoas fazem e a gente não vê?

---

109 - As cócegas.
110 - Porque ele estava vendendo carne de segunda.
111 - Barulho.
112 - O copo.

113 • Qual é o estado mais quente?

114 • O que é que de dia tem quatro pés e de noite tem seis?

115 • Qual é a palavra com cinco letras que, se tirarmos duas, fica uma?

116 • Qual é o nome mais molhado do mundo?

---

113 - O estado febril.
114 - A cama.
115 - Pluma. Tirando o P e o L, fica "uma".
116 - Omar (O mar).

118 • Qual a diferença entre o barco e o jabuti?

117 • Você sabe como diminuir a queda de cabelo?

120 • Qual é o prato favorito dos gulosos?

119 • O que o chão disse para o terremoto?

117 - É só tomar banho agachado.
118 - O barco tem o casco para baixo e o jabuti tem o casco para cima.
119 - Ai, você mexe tanto comigo!
120 - O prato cheio.

121 • O que está sempre com um nó na garganta?

122 • Qual é a diferença entre um dedo no nariz e uma televisão nova?

123 • O que nasce grande e morre pequeno?

124 • O que o trem e o juiz de futebol têm em comum?

---

121 - A gravata.
122 - Um dedo no nariz pega mal. A televisão nova pega bem.
123 - O lápis.
124 - Os dois apitam na partida.

125 • Por que o cachorro balança o rabo?

126 • O que é que mantém sempre o mesmo tamanho, não importa o peso?

127 • Quem é que sempre anda em par, no carrossel?

128 • O que é, o que é? Quando a gente fica em pé ele fica deitado, e quando a gente fica deitado ele fica em pé?

125 - Porque o rabo não tem força para balançar o cachorro.
126 - A balança.
127 - O RR e o SS.
128 - O pé.

129 • Faça de conta que você está dirigindo um ônibus. Aí você para no ponto e descem 20 passageiros. Qual é o nome do motorista?

130 • Por que a roda do trem é de ferro?

131 • É bom para se comer, mas não se come assado, nem frito, nem cru, muito menos cozido. O que é?

---

129 - É o seu nome. Você é quem está dirigindo o ônibus.
130 - Porque se fosse de borracha apagaria a linha.
131 - O prato.

Adivinhas de elefantes

132 • Por que é que um elefante não pratica boxe?

133 • Por que é que um elefante não anda de bicicleta?

134 • Como se faz para um elefante não passar pelo buraco da fechadura?

135 • Como se faz para um elefante passar por baixo da porta?

132 - Porque ele tem medo que lhe partam a tromba.
133 - Porque o dedo dele não consegue segurar e tocar a buzina.
134 - A gente dá um nó no rabo dele.
135 - É só colocá-lo dentro de um envelope.

137 • Como é que se tira um elefante da piscina?

136 • E se mesmo assim ele não passar?

139 • Por que os elefantes são tão enrugados?

138 • Como é que se tiram dois elefantes da piscina?

---

136 - Aí tem que tirar o selo.
137 - Molhado.
138 - Um de cada vez.
139 - Porque ninguém nunca teve coragem de passar ferro neles.

140 • Quem é mais forte, o caracol ou o elefante?

141 • Como é que um elefante passa despercebido no meio de uma multidão numa avenida?

142 • Alguma vez você já viu um elefante no meio da multidão numa avenida?

143 • Como é que um elefante atravessa o rio?

---

140 - O caracol, porque ele leva a casa nas costas.
141 - Usando óculos escuros.
142 - Não? Então, viu como funciona?
143 - Saltando suavemente de pedra em pedra.

145 • O que que é cinzento e não está lá?

144 • Como é que se chama um elefante com fone de ouvido, escutando música?

147 • Como se coloca um elefante em cima de uma árvore?

146 • Como é que um elefante se disfarça no meio de uma horta?

---

144 - Pode chamar do que quiser, porque ele não vai te ouvir mesmo...
145 - Nenhum elefante.
146 - Ele se pinta de vermelho e vai para o meio dos tomates.
147 - Você planta uma semente, coloca o elefante em cima e espera que a árvore cresça.

148 • Como é que o elefante desce da árvore?

149 • Por que o elefante cai da árvore?

150 • Por que o segundo elefante cai da árvore?

151 • Por que é que um terceiro elefante cai da árvore?

148 - Ele se senta em cima de uma folha e espera pelo outono.
149 - Porque está cansado.
150 - Porque está agarrado ao primeiro.
151 - Porque pensa que é um jogo.

152 • E por que é que a árvore cai?

153 • Quantas pernas tem um elefante?

154 • Por que é que as galinhas atravessam a estrada?

155 • Por que é que os elefantes atravessam a estrada?

---

152 - Porque pensa que é um elefante.
153 - Quatro. Duas na frente e duas atrás.
154 - Para irem para o outro lado.
155 - Porque é dia de folga das galinhas.

156 • Como é que se colocam cinco elefantes dentro de um Fusca?

157 • E como se colocam cinco elefantes dentro de uma geladeira?

158 • O que os elefantes estão fazendo dentro do Fusca?

159 • Como é que se sabe que existe um elefante dentro da geladeira?

---

156 - Dois na frente e três atrás.

157 - Você abre a porta do Fusca e tira os elefantes. Depois, fecha a porta do Fusca e abre a da geladeira, coloca os elefantes lá dentro e fecha a porta da geladeira.

158 - Jogando tênis.

159 - Pelas pegadas na manteiga.

160 • Como se sabe que estão dois elefantes na geladeira?

161 • Como se sabe que existem três elefantes na geladeira?

162 • Como se sabe que existem cinco elefantes dentro da geladeira?

163 • Como se colocam dez elefantes dentro da geladeira?

160 - Há dois conjuntos de pegadas na manteiga.
161 - Porque não dá para manter a porta da geladeira fechada.
162 - Porque existe um Fusca estacionado à porta.
163 - Colocamos cinco dentro de um Fusca e cinco dentro de outro. Depois colocamos os dois Fuscas dentro da geladeira.

164 • Como se coloca o Tarzan dentro da geladeira?

165 • Como se sabe se o Tarzan está dentro da geladeira?

166 • Como se colocam dois Tarzans dentro da geladeira?

167 • Por que é que há tantos elefantes andando pela selva?

164 - Abre-se a porta, tiram-se os Fuscas lá de dentro, coloca-se lá o Tarzan, fecha-se a porta.
165 - A gente consegue ouvi-lo gritando "Ôôôôôôôôôô!... oioioiôôôi!".
166 - Não dá. Só existe um Tarzan!
167 - A geladeira não é grande o bastante para acomodar a todos.

169 • Quantas girafas dá para colocar dentro de um Fusca?

168 • O leão mandou reunir todos os animais da selva. Todos apareceram, menos os elefantes. Por quê?

171 • Quantos elefantes são necessários para trocar uma lâmpada?

170 • Por que é que os elefantes usam bonés verdes?

168 - Eles estavam trancados dentro do Fusca.
169 - Nenhuma. Os elefantes estão lá dentro.
170 - Para atravessar uma mesa de bilhar sem serem vistos.
171 - Não seja bobo! Os elefantes não trocam lâmpadas.

172 • O que o Tarzan disse quando viu mil elefantes subindo a rua da casa dele?

173 • O que o Tarzan disse quando viu mil elefantes com óculos escuros subindo a rua da casa dele?

174 • O que disse o Tarzan quando viu mil girafas no horizonte?

175 • Por que não se pode entrar na selva às 5 horas da tarde?

172 - Olha, mil elefantes subindo a rua!
173 - Ele não disse nada, porque não reconheceu os elefantes.
174 - Pensam que eu sou bobo? Vocês, elefantes, me enganaram uma vez usando disfarce, mas agora não!
175 - Porque os elefantes estão pulando de paraquedas.

176 • Por que os crocodilos são tão achatados?

177 • Por que os pigmeus são tão pequenos?

178 • O que você pensa quando vê três elefantes descendo a rua vestindo camisetas amarelas?

179 • O que acontece quando um elefante se senta à sua frente no cinema?

---

176 - Porque entraram na selva às 5 da tarde.
177 - Porque não sabem ver as horas.
178 - São todos torcedores da seleção brasileira.
179 - Você perde a maior parte do filme.

180 • Qual é a diferença entre uma pulga e um elefante?

181 • O que se dá a um elefante que está com enjoo?

182 • Por que o elefante não dirige mais?

183 • Como fazer para um elefante ficar elegante?

---

180 - Um elefante pode ter pulgas, mas as pulgas não podem ter elefantes...
181 - Muito espaço!
182 - Porque ele vive dando trombadas.
183 - É só trocar o F pelo G.

185 • O que dá o cruzamento de um elefante com uma nuvem de chuva?

184 • O que é do tamanho de um elefante e não pesa um grama?

186 • Qual é a diferença entre uma banana e um elefante?

184 - A sombra do elefante.
185 - Uma tromba d'água.
186 - Experimente descascar um elefante.

Cúmulos

187 • Qual é o cúmulo do salva-vidas?

188 • Qual é o cúmulo do erro?

189 • Qual é o cúmulo da magreza? (1)

190 • Qual é o cúmulo da magreza? (2)

187 - Ter uma filha chamada Socorro.
188 - Jogar uma pedrinha no chão e errar.
189 - Usar um pijama de uma listra só.
190 - Tomar banho com os braços abertos para não cair no ralo.

192 • Qual é o cúmulo da burrice?

191 • Qual é o cúmulo da magreza? (3)

194 • Qual é o cúmulo da complicação?

193 • Qual é o cúmulo do dentista?

---

191 - Engolir uma azeitona e parecer grávida.
192 - Regar as plantas quando está chovendo.
193 - Extrair um dente de alho.
194 - Tirar meleca do nariz com luva de boxe.

195 • Qual é o cúmulo da vaidade?

196 • Qual é o cúmulo da paciência?

197 • Qual é o cúmulo do azar?

198 • Qual é o cúmulo de ser baixinho?

---

195 - Comer flores para enfeitar os vasos sanguíneos.
196 - Encher um balde furado com uma mangueira entupida.
197 - Cair de costas e quebrar o nariz.
198 - Sentar no chão e ficar balançando as pernas.

200 • Qual é o cúmulo de brincar de esconde-esconde?

199 • Qual é o cúmulo da fraqueza?

199 - Tentar levantar um cotonete e não conseguir.
200 - Brincar sozinho e não encontrar ninguém.

MATRIX